RÉPLIQUE
A
JEAN PIPREL
A PROPOS DE SES
OPINIONS, PENSÉES ET DITS NOTABLES,

Par M. Léon GOHIER.

PARIS,
A. SIROU, IMPRIMEUR-LIBRAIRE,
Rue des Noyers, 37.

—

1844.

RÉPLIQUE

À JEAN PIPREL.

Imprimerie d'A SIROU, rue des Noyers, 37.

RÉPLIQUE
A
JEAN PIPREL
A PROPOS DE SES
OPINIONS, PENSÉES ET DITS NOTABLES,

Par M. Léon GOHIER.

PARIS,
A. SIROU, IMPRIMEUR-LIBRAIRE, RUE DES NOYERS, 37,
1844.

RÉPLIQUE

A

JEAN PIPREL,

A PROPOS DE SES

OPINIONS, PENSÉES ET DITS NOTABLES.

Je vous avouerai d'abord que je ne lis plus de livres nouveaux, par la raison que ceux qui les font ne lisent plus les livres anciens, ce qui leur fait dire mille sottises dont la moindre est de répéter celles qui ont été dites cent fois.

Encore moins voudrais-je lire de petits livres, dans un temps où il suffit de vingt francs d'annonces et de quelques tours de mécanique pour étaler aux yeux du public tout ce qui peut tomber dans la tête d'un maniaque.

Tous *les Français ont le droit de publier leurs opinions :* ce n'est pas moi qui l'ai dit; et voilà un droit qui promet, si l'on sait en user; on s'y prend déjà bien : une plume, un peu d'encre, et vous pouvez à l'aise outrager toutes les lois divines et humaines si c'est là votre opinion, et c'est l'opinion de beaucoup par le temps qui court.

Il est vrai que le législateur prévoyant ajoute ces mots à son texte : *en se conformant aux lois!* Cet appendice est gros de choses, il rétablit tout à peu près ; car, que signifie *en se conformant aux lois?* ce qu'on veut, et ce que voudra notamment le procureur général, qui peut fort bien vous condamner pour avoir défendu, dans vos écrits, Dieu, le roi, la religion, la morale; et parce que *vous êtes libre de publier votre opinion*, — oui, mais *en vous conformant aux lois ;* et vous ne vous y êtes point conformé. — Quelles lois? — Le procureur général va vous les montrer. Je m'en fie à lui.

Je conclus étourdiment de ceci que toute liberté de ce genre, promise aux simples, ne fut, n'est et ne sera jamais qu'un gros et capital mensonge, mensonge de haute lice, mensonge à triple carillon, dirait maître François. — *Vous êtes libres*.... oui, mais *en vous conformant aux lois*. Retenez bien ceci, mes frères. A bon entendeur salut.

Pour moi, qui n'y mets point de finesse, renversant tout uniment la phrase, j'aurais dit, à la place du législateur : *Il faut vous conformer aux lois qui vous défendent de publier vos opinions;* car c'est là ce qu'il voulait dire.

Il ne faut donc point s'étonner si je ne sus de quoi il s'agissait quand on me parla pour la première fois, il y a huit jours, de *Jean Piprel.* C'était pourtant un homme d'esprit, un homme estimable, un homme de poids et de savoir qui m'apprenait ce nouveau nom. Mais quoi, il y a mille famosités de cette espèce dont nous ne nous mêlons guère, nous autres, public honnête. Avez-vous lu *Ahasverus* ou le *Juif errant*? Non ! Ni moi, ni bien d'autres; cela est pourtant célèbre, et l'un de ces auteurs vient de s'afficher modestement dans les journaux, en lettres capitales : l'ILLUSTRE PROFESSEUR. Il crie contre les prêtres, l'ingrat, et il leur doit le peu qu'il est, bien qu'il ne soit pas ILLUSTRE, car il n'a produit qu'*Ahasverus* ou le *Juif errant.* Je ne sais de quel juif il s'agit.

Je ne songeais donc plus à *Jean Piprel*, à qui je demande pardon de la liberté grande, quand je vis, quelques jours plus tard, que les journaux *recommandaient expressément* à leurs abonnés la lecture d'un petit livre extrêmement *curieux*, *instructif*, *agréable*, d'un format commode, d'un prix modéré, qui *obtenait le plus grand succès*, et qu'on appelait *Opinions*, *pensées et dits notables de* JEAN PIPREL *sur les événements du jour;* prix, etc., chez, etc...

Les annonces pareillement publiaient le nouveau chef-d'œuvre, de trois jours l'un, à grand renfort de capitales et de majuscules, comme les savons épilatoires, le clyso-pompe et l'ILLUSTRE PROFESSEUR de tout à l'heure.

Mais nous savons ce que cela veut dire, ce n'est point à nous que ces discours s'adressent, et je ne songeais pas davantage à

Jean Piprel, non plus qu'à l'ILLUSTRE PROFESSEUR et au clyso-pompe.

Quelques jours après, je trouvai une famille assemblée qui riait aux éclats, et comme j'en demandais la cause, on me montra le petit livre de *Jean Piprel* qu'on lisait à haute voix. Depuis, je l'ai vu, ce même petit livre, sur le guéridon des femmes, sur le bureau des hommes, sur le catalogue des libraires, sous le bras des étudiants, et sur le tapis des journaux. Que vous dirai-je? En étant venu à ce point qu'il ne m'était plus donné de serrer la main d'un ami sans entendre la même question : Avez-vous lu Piprel? comment trouvez-vous Piprel? je résolus de lire ce petit livre, uniquement pour abréger ces sortes d'apostrophes.

Toutefois, me disais-je, voilà un poison bien actif, bien subtil, bien terriblement préparé, et qui part de main de maître, puisqu'il se glisse sans plus d'obstacle dans les meilleurs esprits et parmi les plus honnêtes gens. Et je pensais prendre la plume pour le dénoncer à la vigilance des pères de famille.

Je conte le tout avec détails, car je ne reviens pas sans plaisir sur ma profonde surprise.

Passant donc, à quelques jours de là, sous une arcade du Palais-Royal, je vis le *Jean Piprel* derrière une vitre. C'est le quartier de ces sortes de choses. Il était là parmi la foule des honteux produits du terroir, les *Aventures de Cartouche*, la *Guerre des Dieux*, les *Actes des Apôtres*, titre pillé à Rivarol, texte attribué à un M. Geainain, assez bien nommé, comme on voit; les *Religions dévoilées*, renouvelées du *Christianisme dévoilé*, un petit *Com-*

pendium de d'Holbach, à l'usage des commençants (ces messieurs font peu de frais), deux ou trois pamphlets vermoulus contre les jésuites, ornés d'arguments moisis et d'impostures de cent ans de date, le tout rafraîchi dans le goût du jour; enfin, tous les *Selectæ è profanis*, qu'un heureux à-propos a remis en lumière, sans compter *Faublas*, *Parny*, et les *Crimes des Rois*, *des Reines*, *des Papes*, faits par des experts.

Voilà dans quelle compagnie était le petit livre de *Jean Piprel*. Je l'achetai, et l'ouvris en serrant d'une main mon mouchoir et ma montre.

Je puis vous dire maintenant combien ce petit livre m'est devenu cher et précieux, combien je ne m'étonne plus de l'avoir vu en de bonnes mains, ni combien, tombant à mon tour dans le style des annonces, je le trouve curieux, utile, agréable, intéressant, significatif, et le recommande à tous expressément, sans exception, hommes, femmes et petits enfants; précisément à cause de ce quartier où je l'allai chercher, précisément à cause de cet étalage où je l'ai vu; précisément parce qu'il vient d'un homme désintéressé qui vit ou qui a vécu sans doute dans un monde dont il ne faut plus désespérer.

Et véritablement (passez-moi la digression, si c'en est une) quand on songe que, malgré les livres et les journaux, malgré l'ignorance et la corruption des esprits, de telles lueurs de bon sens peuvent pénétrer dans un cerveau naturellement bien fait; quand on songe, d'autre part, que la religion tient encore, Dieu merci, le sceptre des intelligences, que les plus grands écrivains de ce siècle, De Maistre, Châteaubriand, Ballanche, Royer-Collard, Bonald, furent et sont d'excellents chrétiens; que M. de Lamennais a écrit le livre de l'*Indifférence;* que d'autres, à différents degrés, quelle que soit la suite que nul ne connaît, ont tous reconnu et proclamé la vérité éternelle; que les plus beaux chants de M. Victor Hugo sont des prières; que les premières inspirations de M. de Lamartine furent chrétiennes; que M. Sainte-Beuve, par la seule vertu d'un sens exquis, d'un bon esprit, d'un talent sincère, peut écrire des pages comme l'article récent sur Pascal, ou l'ancien sur De Maistre, et tant d'autres que nous ne pouvons citer; qu'il n'y a point, de l'autre côté, une exception nette et avouable, qui d'ailleurs ne prouverait guère; qu'on ne voit pas un nom, pas un poëte, pas un talent de premier ordre dans ce bourbier d'irréligion qui tue tout talent, toute exaltation et toute vertu; — quand on considère, en outre, que d'honnêtes et savants protestants, comme les rédacteurs du *Semeur*, s'unissent loyalement aux catholiques contre le débordement d'une impiété sans frein ; — quand on s'assure que, malgré le relâchement général, il n'est point en somme de famille honnête en France, de père sensé, de bon citoyen, qui veuille, de propos délibéré, chasser la religion de sa maison et nourrir ses enfants dans les dogmes de nos fous modernes ; — quand on voit, à l'étranger, les plus illustres têtes de l'anglicanisme méditer une réunion prochaine à l'Eglise, appuyée sur l'étude approfondie des vérités catholiques et des premiers monuments chrétiens ; les conversions se multiplier d'une manière éclatante et significative en Allemagne, aux Etats-Unis, parmi les hommes éminents : le vieil et illustre Hurter tomber à genoux dans Saint-Pierre aux pieds du souverain Pontife ; les deux fils Van Buren abjurer l'erreur de leur père, ministre d'Etat et protestant fanatique ; —

quand on voit, enfin, si l'on étend le coup d'œil sur toute la face du globe, les archipels de l'Océanie se couvrir d'églises catholiques qui sortent, pour ainsi dire, du sein des mers ; des couvents, des hôpitaux, des séminaires s'élever à la voix du pacha d'Egypte pour les Lazaristes et les sœurs de la Charité ; les processions de la Fête-Dieu parcourir librement et comme en triomphe les rues de Constantinople ; l'antique Eglise d'Afrique reprendre racine sur le même sol et refouler dans ses déserts le croissant vaincu ; et enfin, de toutes parts, sur tous les points du monde, ce travail infatigable des missions que rien n'a pu ralentir, que tout a servi et qui ne dure pas en vain, soyons-en sûrs ; — quand on promène, dis-je, un regard même distrait, même rapide et superficiel, sur cet immense spectacle, — on ne saurait s'étonner assez (et qu'on me pardonne maintenant de retomber à mon sujet) de voir, dans un coin de l'Europe, de la France, de Paris, des hommes comme M. Thiers et quelques autres, qui pensent peut-être savoir quelque chose du mouvement des esprits, se retenir si désespérément aux dernières mèches de la perruque de Voltaire, lequel a pourtant dit : *Qu'un roi athée est plus dangereux qu'un Ravaillac fanatique* (*Histoire de Jenny*).

Car tout s'use à la fin, même l'impiété, les révolutions et les perruques, même les sédiments impurs de ces temps de trouble et de folie qui n'épouvantent le monde qu'à de longs intervalles et pour peu de temps, même ces plates imitations des convulsions passagères d'un Etat en crise, même ce mélange incurable d'indigne égoïsme, d'hypocrisie publique, de corruption stérile et de je ne sais quelles pauvres visées à une pauvre habilité, qui ne sait, qui ne peut gouverner, et qui est au-dessous de la franche scélératesse pour mener les hommes.

On ne peut, dirais-je encore, assez admirer que des hommes comme des professeurs et des littérateurs dont les cheveux blanchissent, se laissant séduire aux derniers cris de rage de passions basses qui agonisent, aux applaudissements de quelques fous qu'ils avaient mission d'éclairer, sans consulter le temps, le lieu, ni ce qui se passe à toute heure dans les cœurs, réduisent, même contre tout calcul purement humain, leurs noms, leurs espérances et l'espèce de talent qu'ils auraient eu, à n'être que ce peu de poussière que le vent qui souffle va balayer, et que cette pierre inerte que le torrent, dont elle aura précipité la course, va rouler dans ses flots comme un grain de sable.

On s'étonne, enfin, on s'épouvante qu'ils ne veuillent point comprendre, ni les uns ni les autres, que cette dernière épreuve d'un demi-siècle est décisive, que l'irréligion ne saurait désormais ramasser dans sa fange que des traits émoussés, qu'elle n'y trouvera jamais rien pour la consolation d'un seul homme ; que la France est lasse de tant d'inepties et d'extravagances, qu'elle n'en veut plus, et que décidément le monde demeurera catholique, tant que Dieu le voudra, malgré le PROFESSEUR ILLUSTRE et ses ILLUSTRES complices.

. . . . . .

Je reviens encore à vous, cher Piprel. Je vous traite sans cérémonie, mais vous m'excuserez, je le veux croire. Je ne puis d'ailleurs répondre à tout ce qu'on trouve dans votre livre, car que n'y trouve-t-on pas ? Anecdotes, histoires, contes, nouvelles du jour, maximes, vues politiques, critique littéraire, vous avez tout effleuré, tout dit, tout mêlé pour l'agrément du lecteur. Mais je sens que le moindre inconvénient d'une critique quelque peu raisonnée et suivie, serait de faire un livre plus gros que le vôtre, et je doute qu'il valût mieux. Je me contenterai de quelques observations.

Vous vous excusez dès l'avant-propos, avec une modestie d'autant plus méritoire qu'elle est plus rare en ce temps-ci, vous vous excusez, dis-je, d'écrire, n'ayant point, à votre avis, le savoir, les dispositions et le talent requis, et vous cherchez à vous appuyer sur quelques exemples. Avez-vous lu l'*Histoire de la Révolution*, par M. Thiers? — Non ! — Tant pis, cela vous serait d'un grand soulagement.

Lisez donc alors les journaux, seulement trois jours de suite, lisez-les surtout depuis qu'on y parle tant soit peu de Bossuit, de Pascal, de Malebranche, des jésuites et des libertés gallicanes ; vous y verrez comme quoi, sur les trois ou quatre cents hommes qui tiennent tous les jours la plume à Paris, il n'en est pas un qui ait ouvert Malebranche, Pascal, Bossuet, ni qui sache ce que c'est que les gallicans et les jésuites.

Je crois comme vous, Dieu me pardonne, que les lumières se répandent ; c'est pourquoi l'on n'y voit plus clair ; on remplace un soleil par vingt lampions.

Lisez les journaux, vous dis-je, si vous pouvez, cela n'est point facile à tous.

Si vous les aviez lus ces jours-ci seulement, vous y auriez vu notamment qu'un grave critique prête à Cicéron un mot de saint Thomas, qu'un autre se vante d'avoir visité la veille, rue Saint-Honoré, la maison de Robespierre, qui a été démolie il y a quelque trente ans pour percer la rue Duphot ; et qu'un troisième donne à l'abbé Galiani une citation de Grimm. Mais celui-ci, le meilleur des trois, ne s'en tient pas à cette vétille, et comme le mot est abominable, *il faut*, dit-il, *qu'on sache que le mot est d'un abbé;* et il ne sait point, lui, que l'abbé Galiani était l'un des plus enragés de la secte encyclopédique, et qu'il était abbé comme l'abbé de Voisenon, l'abbé Delille et l'abbé Siéyes. *O sancta simplicitas!* ceci soit dit par antiphrase.

Vous auriez vu, de plus, dans ces journaux, qu'un autre critique, après avoir transcrit un passage de Bourdaloue sur la passion de l'amour, s'écrie naïvement : *Et vous aussi, mon père, vous saviez cela!* — Comme si les passions n'étaient point l'étude de toute la vie pour un homme qui leur résiste, qui les combat dans lui et dans les autres, qui en fait l'unique objet de ses méditations, et qui les voit toujours face à face, soit au confessionnal, soit au lit des mourants, soit dans son propre cœur.

En vérité, ami Piprel, tout cela est bien encourageant. Passons.

Vous semblez vous étonner de la nomination de certain professeur de philosophie que je ne connais point, et qu'on ne peut avoir envie de connaître. Je le juge seulement par analogie, et voici ce que j'ai à vous dire sur ces choses qui vous étonnent. Après la révolution de juillet, vous savez qu'il fallut nommer des préfets et des sous-préfets, et vous savez qui l'on choisit en pareil cas : des gens qu'il fallut renvoyer quelque temps après dans l'obscurité suspecte d'où ils étaient sortis. La même chose eut lieu dans l'enseignement ; il fallut récompenser les enfants perdus de l'émeute. Beaucoup sont restés, et c'est ce qui a mêlé, dans l'Université, tant de jeunes fous à beaucoup d'anciens professeurs honnêtes. Tout cela s'arrangera, croyez-moi. Après la pluie vient le beau temps.

Que vois-je encore dans votre livre, mon ami Piprel? Vous insinuez, ébloui par les témoignages modernes, que Malebranche et Pascal pourraient bien avoir été, l'un panthéiste et spinosiste, l'autre sceptique et même athée, puisqu'il est reconnu qu'ils ont toujours agi, écrit et prié en parfaits chrétiens. Et en effet, cela s'est dit récemment de Pascal avec une rare inintelligence du temps, de l'homme et de ses écrits; mais, comme je vous le dis plus haut, M. Sainte-Beuve, avec autant de goût, de pénétration, de sagacité, que le premier critique en a peu, a déjà mis le doigt sur cette énorme bourde, toute propre d'ailleurs à sauter aux yeux.

Mais quoi! c'est là leur éternel système: ils ne sauraient souffrir qu'on ait le sens commun parce qu'il leur manque. De Maistre, à les entendre, est un athée, et saint Thomas pensait comme *le Constitu-*

tionnel. Ils soutiendraient, s'ils l'osaient, que l'Évangile est l'œuvre d'un incrédule. Et cela me reporte agréablement à ce dictionnaire des athées, où Sylvain Maréchal inscrivait parmi ses adeptes saint Augustin, Mme de Sévigné, et, je crois aussi, Fénelon. La seule réponse raisonnable serait de canoniser Marat, Papavoine, et Sylvain Maréchal lui-même.

Je veux bien vous dire, à ce sujet, la cause de ces bévues, si tant est qu'elles soient sincères : toujours l'ignorance; l'ignorance mène le monde aujourd'hui; l'ignorance est la seule force, la seule distinction de nos savants; ils sont tellement creux, tellement vides, tellement nourris de notions superficielles, qu'ils ne voient partout que des surfaces; ils auront bien parcouru les œuvres philosophiques et classiques des hommes dont ils parlent tant, mais ne croyez pas qu'ils aient été plus avant, et jusqu'à l'homme lui-même; gardez-vous de penser qu'ils aient lu, par exemple, les Lettres spirituelles de Fénelon, les Prières, les Méditations et la correspondance de Malebranche, les Sermons, les Élévations et les Pensées de Bossuet.

Et voilà le mal, si vous n'aimez mieux dire avec moi, voilà le bien; car, en vérité, cela n'est pas fait pour eux.

Sur le chapitre de l'industrie, dont vous parlez, ce semble, assez brièvement, j'aurais mille ehoses à dire, et nous finirions peut-être par tomber d'accord. Quel progrès prodigieux que cette industrie qui a dépassé tous les âges précédents en faisant de plus mauvais draps, de plus mauvais vins, de plus mauvais meubles, de plus mauvais bâtiments; qui a transformé la plupart des aliments en poison, la plupart des marchands en voleurs; qui non-seulement n'a pu produire une invention utile, une amélioration véritable, qui non-seulement n'a pu soulager un misérable, détruire une maladie, allonger la vie d'un seul homme, mais qui marque chacun de ses pas en mettant des ouvriers sur le pavé, et en faisant mourir de faim des populations entières ! Je vous prie de suivre à ce sujet le développement des machines et des chemins de fer.

Quelle merveille encore que la marche de ces sciences dont un docteur dit à un jury épouvanté : il y a de l'arsenic dans le corps de cet homme, punissez l'assassin ; et dont l'autre répond : Il y a de l'arsenic dans le corps de cet homme, mais il y en a partout ! Un troisième dira peut-être : Il n'y en a nulle part. Quelle ressource pour les tribunaux, et comme ils font bien d'invoquer l'état avancé de la science !

Je passerai rapidement sur vos chapitres

des affaires étrangères, de la Chambre des députés, etc., mon intention n'est point de me mêler de politique. On y court trop de risques dans un temps de liberté. Autrefois, sous l'ancien despotisme, à la bonne heure, nous aurions discuté, disserté, calomnié ; nous aurions écrit la *Pucelle* et le *Curé Meslier*, nous aurions parlé d'étrangler les prêtres et les rois, — et l'on en a si bien parlé qu'on les a étranglés en effet. — Mais aujourd'hui, nous sommes libres, taisons-nous, gare les menottes.

Il n'y a plus que M. Eugène Sue qui ait le droit de dire à des prêtres qu'ils sont des empoisonneurs, des faussaires, des assassins, des espions, des sacriléges, des régicides ; savez-vous pourquoi il a ce droit-là ? parce que ces prêtres sont des citoyens comme d'autres, parce que M. Sue et consorts sont modérés, et ne disent jamais d'injures, parce que ces prêtres ne se vengeront pas, parce que c'est appeler sur eux la rage de ceux qui *étranglent*, parce qu'il n'est pas mauvais, quand on se sert mal de l'encre, d'écrire avec de la boue et du sang, parce que c'est enfin une œuvre abominable, et qu'il y avait de quoi tenter un homme qui a fait ailleurs l'apologie des voleurs et des assassins.

Voilà, mon cher Piprel, de quoi faire une suite à votre chapitre de la *Tolérance*. On trouve les représentations d'un évêque passionnées, injurieuses, dignes de châtiment, et les pages épouvantables dont je parle n'appelleront point l'attention des tribunaux, ou passeront même pour des aménités et des malices de bonne guerre. Y a-t-il plus de bon sens, plus d'esprit, plus de raison, plus de justice chez les Papous? Je le crois comme vous, et je vous approuve de préférer l'*intolérance*, si c'est le contraire de la *tolérance* que nous voyons là.

Je ne suis plus en humeur de rire, sans quoi j'aurais parlé de vos contes, de vos anecdotes, de vos prétendus suicides, de vos nouvelles, qui m'ont fort diverti quand je les ai lus. Au reste, nous n'en finissons point avec vous, et vous nous permettrez sans doute de mettre sous les yeux de nos lecteurs quelques-uns de vos fragments, qui suppléeront de reste au peu que j'ai pu dire.

Imprimerie d'A. SIROU, rue des Noyers, 37.

www.ingramcontent.com/pod-product-compliance
Ingram Content Group UK Ltd.
Pitfield, Milton Keynes, MK11 3LW, UK
UKHW020442220726
13923UKWH00005B/2276

9 782019 264116